Arthur
a Bwlis Pant Isaf

Nia Parry

Arlunio gan
Petra Brown

Gomer

I Hedd a Tirion, Caru chi x

Diolch i Marian Hughes ac Anwen Pierce
am eu cymorth

Cyhoeddwyd gyntaf yn 2018 gan
Wasg Gomer, Llandysul, Ceredigion SA44 4JL
www.gomer.co.uk

ISBN 978 1 78562 245 8

Dymuna'r cyhoeddwyr gydnabod cymorth ariannol
Cyngor Llyfrau Cymru.

Argraffwyd a rhwymwyd yng Nghymru gan
Wasg Gomer, Llandysul, Ceredigion.

Pennod Un

Cath fawr goch, flewog ydy Arthur. Mae o'n fentrus ac yn ddewr. Mae o wrth ei fodd yn dringo coed tal ac yn neidio oddi ar y canghennau uchel gan droi ei gorff yn yr awyr a glanio'n osgeiddig ar ei bawennau, fel y rheini sy'n gwneud campau gymnasteg ar y teledu. Mae o'n giamster am gerdded ar hyd y lein ddillad o un pen i'r llall, ac mae o wrth ei fodd yn gwibio ar hyd llwybr yr ardd gefn ar sglefrfwrdd Gwion. Gwion ydy ei ffrind gorau yn y byd. A does dim byd yn well gan Arthur na swatio ym mhlygiadau cwrlid Gwion bob bore a hel mwythau ganddo. Mae Gwion yn wyth oed a dydy o

ddim yn cofio bywyd heb Arthur. Maen nhw'n fêts. Yn fêts gorau.

Bob nos, ar ôl i Gwion a'i fam fynd i'w gwelyau, byddai Arthur yn arfer mynd allan i chwilio am antur. Byddai'n gwthio drwy'r drws bach cathod yn y drws cefn ac yn mynd am dro i weld ei ffrindiau – cathod eraill y dref. Ond mae popeth wedi newid. Dydy Arthur BYTH yn mentro allan gyda'r nos rŵan. Bob nos, mae Arthur yn mynd i'r gegin lle mae ei glustog mawr glas yn disgwyl amdano, ac mae'n troi deirgwaith mewn cylch cyn dod o hyd i'r man perffaith i swatio am y noson. Yna mae o'n tynnu ar y clustog ddwywaith â'i bawennau i wneud yn siŵr ei fod yn gyfforddus iddo cyn swatio'n gylch crwn coch, a pharatoi i fynd i gysgu.

Bob nos, ers bron i dri mis, wrth iddo gau ei lygaid mae'n clywed cnoc ar y ffenest. A'r un yw'r drefn eto heno. Mae Arthur yn cilagor ei lygaid i weld rhes o chwe llygad fawr yn rhythu arno drwy'r gwydr, ac un pen-ôl wedi'i wasgu'n dynn yn erbyn y ffenest, a chynffon fawr hir yn taro'r gwydr drosodd a throsodd, â rhythm fel drwm.

Mae'n gwybod yn union pwy biau'r gynffon – cynffon flewog Fflwffyn y gath ydy hi.

Bob nos, mae Arthur druan yn gwneud ei orau glas i anwybyddu'r bwlis yma ond dal i gnocio mae'r gynffon nes bydd yn agor ei lygaid ac yn codi oddi ar ei glustog.

Yn ogystal â chynffon fawr flewog mae gweddill corff Fflwffyn yn . . . wel . . . yn fflwffiog iawn. Mae o'n edrych fel cwmwl mawr meddal gwyn. Dydy Fflwffyn byth ar frys. Mae o'n symud yn dow-dow – yn araf ac yn bwyllog o un lle i'r llall.

Mae'r pâr cynta o lygaid sy'n syllu arno drwy'r ffenest yn perthyn i Twm. Twm ydy'r bòs. Fo ydy'r lleia ond un o'r bwlis, ond fo ydy bwli mwyaf cas Pant Isaf a'r gath y mae Arthur yn ei hofni fwyaf. Mae gan Twm lygaid mawr gwyrdd fel dau bwll o lysnafedd afiach a rhyw osgo hunanbwysig, hyll.

Mae'r ail bâr o lygaid yn y ffenest yn perthyn i Syfi, y gath Siamese. Mae golwg ddigon cas arni. Mae ganddi lais gwichlyd, uchel sy'n mewian fel yr oedd Gwion yn arfer swnio pan oedd o'n fabi bach yn crio yn ei grud. Mae llygaid Syfi'n las fel y môr, a'i phen yn ddu fel y frân, a'i chôt fel lliw'r hufen gaiff Arthur mewn powlen ar fore Nadolig.

Y bedwaredd gath yn y rhes ydy Melangell. Melangell ydy'r gath harddaf a welodd Arthur erioed. Mae ei blew yn frown fel siocled melys, a'i llygaid yn llwyd sgleiniog fel y lleuad. Mae Melangell yn edrych yn fwy annwyl na'r cathod eraill.

Pan ddaw'r bwlis at y ffenest i bryfocio Arthur, mae'n teimlo fel pe bai yna losgfynydd ar fin ffrwydro tu mewn iddo fo. Ond er cymaint byddai Arthur eisiau codi ar ei bawennau, creu bwa efo'i gefn a sgyrnygu a phoeri'n flin ar gathod Pant Isaf, fyddai o byth yn gwneud. Y gwir ydy fod gormod o ofn arno.

Pennod Dau

Pant Isaf ydy enw'r tŷ drws nesa. Tŷ mawr crand ydy o efo pileri, a llewod mawr gwyn bob ochr i'r giât. Mae'n fwy o lawer na chartref Arthur, Gwion a'i fam – sy'n edrych fel bocs sgidiau wrth ei ochr. Roedd Arthur wrth ei fodd efo Mr a Mrs Jones oedd yn arfer byw yno, ac âi draw i'w gweld nhw bob bore i gael llond powlen o lefrith cynnes a mwythau. Ond ers i'r lorri fawr wen gyrraedd a gadael gyda holl ddodrefn y pâr caredig, doedd Arthur ddim wedi eu gweld nhw, a doedd o'n sicr ddim wedi mentro ar gyfyl Pant Isaf.

Pam? Wel . . . achos mai ym Mhant Isaf mae'r cathod annifyr yn byw, y cathod sy'n dod at ei ffenest i'w bryfocio bob nos. Bwlis ydyn nhw. Bwlis. Bwlis Pant Isaf.

Pan welodd Arthur y cathod yn cyrraedd drws nesa gyda'r perchnogion newydd, roedd o wedi cyffroi'n lân wrth feddwl y byddai'n gwneud ffrindiau newydd. Ond fe gafodd ei siomi'n ofnadwy. Y gwir oedd fod bywyd wedi newid llawer ers i'r bobl (a'r cathod) symud i mewn drws nesa. Doedd Arthur ddim wedi bod allan gyda'r nos ers y nos Wener arbennig honno pan gyrhaeddon nhw. Mae'r nos Wener honno wedi'i serio ar gof Arthur am byth – y nos Wener pan wnaeth cathod Pant Isaf fod yn gas iawn efo fo.

Y nos Wener honno

Roedd Arthur newydd orffen ei swper a'r tŷ wedi tawelu, a Gwion a'i fam wedi'i throi hi am y gwely. Yn ôl yr arfer gwthiodd Arthur drwy'r fflap yn y drws i fynd i archwilio'r ardd a gwneud campau, cyn mynd ar grwydr o gwmpas y dref.

Yr eiliad y camodd drwy'r drws cefn fe welodd y cathod yn sefyll yn un rhes ar y ffens rhwng Pant Isaf a'i ardd gefn o. Cyn iddo fedru agor ei geg i fewian 'helô' roedd un ohonyn nhw – Fflwffyn – wedi neidio oddi ar y ffens a glanio fel sach o datws ar gefn Arthur, fel mai prin roedd o'n medru tynnu anadl. Dychmygai Arthur mai fel hyn fyddai teigr yn hela am ei swper. Fan'no fuodd Fflwffyn am oesoedd, yn eistedd ar gefn Arthur nes bod yr holl gathod eraill yn ei amgylchynu!

Yn araf bach, cododd Fflwffyn oddi ar ei gefn ac edrychodd Arthur o'r naill gath i'r llall yn syfrdan. Doedd o ddim yn deall, wir, pam eu bod nhw i gyd yn syllu arno mor flin?

Twm oedd y cyntaf i siarad (neu fewian), a dywedodd wrth Syfi am ddangos ei symudiadau i Arthur. Roedd Syfi, y gath Siamese, yn ysgafndroed a dechreuodd chwyrlïo o amgylch Arthur fel pe bai hi'n sglefrio ar iâ, nes bod pen y gath fach goch

yn troi fel top.
Doedd dim modd
dianc rhagddi.
Roedd hi'n
bawen-gyflym ac
yn ystwyth, ac
roedd ganddi
ewinedd hir,
miniog oedd yn
ymestyn am
drwyn Arthur.

Yna fe sylwodd Arthur ar Melangell. Doedd hi ddim fel y cathod eraill. Roedd hi'n gwenu'n garedig arno . . . hynny yw, tan i Twm ei gweld hi a'i dwrdio.

'Miaaaaw . . . aw . . . aw . . . aw, paid â gwenu ar y llipryn bach coch yna,' meddai Twm yn swrth. Trodd Melangell ar ei chwt yn gyflym a diflannu i'r nos. Suddodd calon Arthur i waelodion ei bawennau wrth glywed Twm yn galw enwau arno, fel Arthur-dda-i-ddim, Corrach coch, Twlalyn twp a Pwsi Meri Blewiach Blêr.

Doedd dim dewis ganddo. Roedd yn rhaid i Arthur ddianc, felly gwibiodd heibio'r cathod fel seren wib, neidio ar y ferfa ac i fyny ar y ffens, cyn sgrialu i fyny'r goeden uchaf yng ngwaelod yr ardd. Roedd hi'n dywyll yno, ac yn uchel iawn, iawn. Siawns na fyddai Twm yn gallu ei weld. Gwyddai Arthur nad oedd llawer o gathod yn ddigon dewr i ddringo mor uchel â hyn chwaith.

Gorweddodd Arthur yn gwbl lonydd ar y gangen gan lynu yn dynn gyda'i ewinedd bach, heb wneud smic o sŵn, dim siw na miw. Tra roedd o'n gorwedd yno'n gobeithio na fyddai Twm yn dod o hyd iddo, dechreuodd hel meddyliau. Cofiodd Arthur am sut roedd cathod eraill y dref yn ei frolio a'i ganmol am ei sgiliau dringo a neidio – yn wir, fo oedd y gath fach ddewraf yn y dref.

Mewn chwinciad clywodd sŵn siffrwd y dail, a phwy ymddangosodd ym mhen draw'r gangen hir ond Twm. Roedd golwg fel brenin arno. Roedd yn benderfynol ac yn ddewr.

Cerddodd Twm yn araf ac yn llechwraidd tuag at Arthur, gan syllu i fyw ei lygaid. Dechreuodd Arthur symud yn ôl oddi wrtho'n araf nes ei fod yn sefyll ar frigyn gwan a thenau ym mhen draw'r gangen. Gyda sŵn crac mawr, fe dorrodd y brigyn ac fe syrthiodd Arthur yn bendramwnwgl drwy'r awyr. Fe geisiodd droi ei gorff yn ystwyth er mwyn glanio'n ddiogel, ond fe drawodd ei gefn ar frigyn arall, a chyn iddo fo gael cyfle i ddweud **'Aaaaawtsh'**, fe

laniodd ar ei gefn yn y ferfa a theimlo poen ofnadwy yn ei goes ôl.

Lwcus bod ffenest lloft Gwion ar agor ac iddo glywed y sŵn mawr a dod i achub ei gyfaill o'r ferfa. Fel arall, fan'na fyddai o, achos dach chi'n gweld, doedd Arthur ddim yn gallu cerdded ar ôl y ddamwain yna! Wnaeth o ddim cerdded yn iawn am ddau fis! Ac yn waeth na hynny – chafodd o ddim gadael y tŷ.

Pennod Tri

Ar ôl y ddamwain, aeth Gwion a'i fam ag Arthur i'r filfeddygfa, a daeth adref â phlaster mawr gwyn, caled ar ei goes ôl. Doedd o ddim yn gallu symud. Doedd o ddim yn gallu cerdded heb hercian, na neidio, na rhedeg, na sgrialu i fyny'r coed, na cherdded ar flaenau ei bawennau fel dawnsiwr bale ar hyd y lein ddillad. A dweud y gwir, doedd o'n gallu gwneud dim. Roedd yn rhaid i Gwion neu ei fam ei gario i bob man yn ystod y dyddiau cyntaf, nes i Arthur feistroli'r grefft o gerdded â'i goes ôl yn llusgo y tu ôl iddo. Rhoddodd mam Gwion glo ar y fflap cathod yn y drws cefn. Ac roedd Arthur yn sownd yn y tŷ, yn gaeth fel carcharor. Ei unig gysur oedd ei fod yn ddiogel rhag y bwlis cas a wnaeth hyn iddo fo, a'r ffaith bod Gwion a'i fam yn rhoi mwythau iddo.

CYN iddo syrthio o'r goeden, bob penwythnos, os oedd hi'n braf, byddai Arthur a Gwion yn rhedeg i'r ardd i chwarae. Mae pawb yn meddwl mai cŵn sy'n hoffi rhedeg ar ôl brigau pren a'u casglu, gan ddod â nhw 'nôl at eu meistr, ond na, cath oedd Arthur, cath fach goch. A'i hoff beth ar fore Sadwrn oedd cael rhedeg ar ôl darnau bach o bren a'u dychwelyd yn ufudd at Gwion a'u gollwng wrth ei draed yn falch. Roedd Gwion yn eu taflu i ben draw'r ardd hir a byddai Arthur wrth ei fodd yn rhedeg ar eu holau nhw. Byddai'n chwarae gêm lle roedd o'n ceisio neidio o gysgod un planhigyn i'r llall, ac weithiau byddai'n neidio dros y perthi ym mhen draw'r ardd, dim ond er mwyn dangos ei hun.

AR ÔL y ddamwain, daeth Gwion ac Arthur o hyd i bethau i'w gwneud yn y tŷ gyda'i gilydd. Byddai Gwion yn estyn am y bocs briciau adeiladu ac yn dechrau creu. Roedd Arthur wrth ei fodd yn pryfocio Gwion ac yn defnyddio'i bawennau fel dwy raw ar flaen jac codi baw i fachu'r blociau a'u symud nhw 'nôl a mlaen o un ochr i'r llall. Wedyn byddai'r ddau'n gorweddian ar lawr y lolfa a gwylio'u hoff raglen deledu, Troeon Trwstan Talwla a Meg, hanes merch fach o'r enw Talwla a'i chath ffyddlon, Meg. Bob wythnos roedd 'na stori wahanol amdanyn nhw'n achub rhywun o'r afon neu'n dal lladron neu'n datrys dirgelwch. Eisteddai Gwion gydag Arthur yn ei gôl heb dynnu ei lygaid oddi ar y sgrin fawr, a byddai'r ddau yn ymgolli mewn byd lle byddai Gwion ac Arthur yn achub y dydd, yn union fel Talwla a Meg. Roedden nhw'n ddewr, yn anturus ac yn arwyr. Ychydig a wyddai Gwion fod y belen fach goch ar ei lin yn breuddwydio ac yn ysu am fod fel Meg unwaith eto, er mwyn gallu amddiffyn ei hun rhag y bwlis cas drws nesa.

Ambell waith, o gornel ei lygad, sylwai Arthur ar gathod Pant Isaf drws nesa yn sbecian dros y ffens arno yng nghôl ei feistr yn gwylio'r teledu.

Taerai weithiau iddo weld Melangell yn gwasgu ei thrwyn a'i wisgars hir, hardd yn erbyn y gwydr ac yn gwenu, ond perswadiodd Arthur ei hun mai breuddwydio yr oedd o.

Roedd y bywyd newydd hwn – yr un lle doedd Arthur byth yn gadael y tŷ – yn un eitha braf, cofiwch, ac roedd o'n cael lot o sylw gan Gwion a'i fam. Byddai'n cael pob math o fwydydd blasus ganddyn nhw – trîts bach roedden nhw'n eu galw nhw, a physgod ffres, hyd yn oed! Ond, yn dawel bach, roedd Arthur yn ysu am y cyffro o gael bod tu allan eto – am gael sleifio o ardd i ardd yn y tywyllwch, am wylio'r pysgod yn y pwll dŵr ym Mhant Isaf a neidio ar gaeadau'r biniau ym mherfeddion nos gan ddeffro'r cymdogion. Ysai am gael mynd i'r parc unwaith eto a neidio ar y chwyrligwgan oedd yn troelli fel top, a siglo mor uchel ar y siglen nes bod holl gathod y pentref yn cau eu llygaid mewn ofn. Hoffai'r teimlad o gael dangos ei hun o flaen ei ffrindiau yn y parc – Esther ac Elwyn, y brawd a'r chwaer oedd yn byw ym mhen y lôn; Iob, y cwrci mawr du efo clustiau hir – roedd o'n dipyn o gês ac yn licio jôc; a Seren, y gath fach ifanc oedd yn mwynhau diriedi ac yn cael ei chyfareddu wrth weld Arthur yn gwneud campau yn y parc.

Teimlai Arthur yn drist bob tro y byddai'n meddwl am y bywyd oedd ganddo cyn iddo syrthio o'r goeden a chyn i gathod Pant Isaf gyrraedd drws nesa.

Pennod Pedwar

Fe ddaeth y diwrnod o'r diwedd! Aeth Arthur yn ôl i'r filfeddygfa eto a chael tynnu'r plaster mawr caled, gwyn oddi ar ei goes ôl. Wel, dyna braf oedd cael llyfu a glanhau ei goes, a'i theimlo hi'n rhwbio yn erbyn y carped cynnes unwaith eto. Mor hyfryd oedd cael cerdded yn falch a hyderus unwaith yn rhagor heb orfod llusgo'i goes y tu ôl iddo. Roedd Arthur yn teimlo'n hapus ar un llaw, ond ar y llaw arall roedd ganddo hen deimlad nerfus, fel petai pilipalod yn hedfan o gwmpas ei stumog, wrth feddwl am orfod mynd allan ac wynebu'r bwlis eto.

Y noson honno, yn ôl ei arfer, trodd Arthur deirgwaith mewn cylch cyn dod o hyd i'r man perffaith i swatio am y noson. Yna tynnodd ar y clustog ddwywaith â'i bawennau i wneud yn siŵr ei fod yn gyfforddus, cyn swatio'n gylch crwn coch a pharatoi i glywed y gnoc ar y ffenest. Caeodd ei lygaid a disgwyl. Bu'n disgwyl a disgwyl, ond ddaeth dim cnoc ar y ffenest heno. Doedd dim golwg o'r pedair cath gas o'r drws nesa chwaith. Ble oedd Fflwffyn,

Twm, Syfi a Melangell dlws? Oedden nhw'n iawn? Doedd Arthur ddim yn deall pam ei fod yn poeni amdanyn nhw. Wedi'r cyfan, roedden nhw'n gas efo fo, yn ei wawdio a'i bryfocio. Doedd Arthur ddim yn deall pam, ond roedd o'n teimlo'n drist.

Ar ôl sawl awr yn edrych ar y cloc a cheisio cysgu, cododd Arthur a neidio i ben y silff ffenest – dyna deimlad braf oedd medru neidio eto! Gwasgodd ei drwyn pinc a'i wisgars hir yn erbyn y gwydr oer, ond welodd o ddim golwg o neb. Dim golwg o ben-ôl Fflwffyn na'i gynffon fawr flewog. Dim golwg o'r tri phâr o lygaid. Edrychodd ar Pant Isaf drws nesa – tywyllwch dudew. Dringodd i lawr oddi ar y silff a mynd at y fflap yn y drws oedd bellach ddim ar glo. Safodd yn dawel o flaen y drws bach a meddwl. Oedden nhw'n cuddio? Ai tric oedd hyn? Oedden nhw'n disgwyl iddo fentro allan drwy'r drws bach er mwyn iddyn nhw neidio arno a'i ddychryn? Neu'n waeth na hynny, oedden nhw'n gwybod nad oedd y drws bach ar glo mwyach a beth pe baen nhw'n mentro i mewn i'w gegin? Neu falle eu bod nhw mewn trwbwl a bod angen ei help arnyn nhw – beth pe bai'n rhaid iddo eu hachub, fel roedd Talwla a Meg yn ei wneud ar y teledu?

Safodd Arthur yn stond ac ystyried yr holl bosibiliadau oedd tu draw i ddrws y fflap cathod. Mentrodd wthio'r drws bach efo'i drwyn ac yna rhedeg oddi yno a chuddio y tu ôl i'w glustog – rhag ofn y byddai'r bwlis yn dod i mewn drwy'r fflap. Ond siglodd y drws bach yn ôl a mlaen am sbel nes llonyddu eto. Ni fentrodd Arthur allan, er cymaint roedd o eisiau mynd. Penderfynodd mai'r peth callaf fyddai setlo 'nôl ar ei glustog meddal a breuddwydio am hanesion Talwla a Meg yn achub y byd.

Pennod Pump

Daeth y bore a phrin roedd Arthur wedi cysgu winc. Roedd o wedi gorwedd yn effro drwy'r nos yn poeni – poeni am fynd allan, poeni ble roedd y bwlis – poeni am bopeth, a dweud y gwir. Ar ôl i Gwion a'i fam ffarwelio efo fo a dweud wrtho am fod yn ofalus, safodd Arthur yn syllu ar y fflap yn y drws. Daeth rhyw deimlad rhyfedd drosto, rhyw ysfa i redeg allan i'r awyr iach.

Heb feddwl a heb ystyried, llamodd drwy'r fflap cathod a glanio'r tu allan ar lwybr yr ardd. Roedd wedi synnu ei hun braidd, ond roedd yn falch hefyd. Roedd yr haul yn gynnes ar ei war, roedd y borfa yn dal i

edrych yn wlyb dan wlith y bore ac roedd
popeth yn edrych . . . wel . . . yn hardd.
Edrychodd tuag at y tŷ drws nesa, Pant Isaf,
ond doedd dal ddim golwg o'r bwlis. Syllodd
ar y wal frics hir oedd yn rhedeg yr holl
ffordd i lawr ochr yr ardd a thu ôl i'r sied.
Roedd o wedi hen arfer dawnsio ar hyd y
wal hon cyn cymryd cam a naid a herc at
y lein ddillad i ddangos ei sgiliau ar y
weiren uchel. Ond roedd heddiw'n teimlo'n

wahanol rhywsut. Roedd y wal yn edrych yn uwch a'r lein ddillad yn edrych yn sigledig ac yn gul iawn, heb anghofio'r ffaith bod ei goes ôl yn dal i deimlo fel jeli. Yno bu Arthur yn ei gwrcwd yn disgwyl ac yn ystyried, gan wrando'n astud rhag ofn iddo glywed y bwlis yn dod i'w watwar a'i wawdio – ond roedd pob man yn dawel ac yn llonydd.

Cynlluniodd ei daith. Pe bai o'n neidio ar ben y ferfa oedd yn pwyso ben i waered ar ochr y cwt tŵls gallai gyrraedd ben y sied, wedyn o fan'na naid fechan a byddai ar y wal frics. Anadlodd yn ddwfn a mynd amdani. Neidiodd â'i holl nerth am y ferfa. Trodd honno ar ei hochr a llithrodd Arthur oddi arni a tharo cribin. Trawodd y gribin yn erbyn pot blodau mawr mam Gwion, a thorrodd hwnnw'n rhacs jibidêrs nes bod pridd ym mhobman a'r blodyn haul tal wedi torri yn ei hanner am ben Arthur. O diar!

'Iawn 'ta,' meddai wrtho'i hun, 'mi dria i eto.' Un bach penderfynol oedd Arthur. Neidiodd eilwaith ar ben y ferfa ac yna ar do'r sied, a heb boeni dim neidiodd o'r sied ar y wal fach gul. A dyna pryd dechreuodd popeth droi! Edrychodd i lawr, ac roedd hi'n bell bell i'r ddaear. Caeodd ei lygaid ac estyn ei grafangau i drio'i orau glas i ddal gafael yn y wal frics, ond yn ofer. Roedd ei ben yn troi a chollodd ei gydbwysedd, cyn teimlo'i hun yn simsanu ac yn disgyn i lawr, i lawr ac i lawr, a glanio yng nghanol y pentwr dail oedd wedi hel yng nghornel yr ardd. Roedden nhw'n feddal braf, felly wnaeth o ddim brifo o gwbl, ac mae cathod, yn arbennig Arthur, yn wych am lanio ar eu pawennau wrth syrthio.

'Reit 'ta, dw i am drio eto,' meddai Arthur wrtho'i hun yn benderfynol. (Cath fach fel yna oedd Arthur, dach chi'n gweld – un dewr a di-droi'n-ôl.) Roedd o'n dechrau

teimlo fel yr hen Arthur eto – yn gryf ac
eofn. Aeth amdani yr ail waith – y ferfa, y
sied, y wal frics ac yna . . . y lein ddillad.
Dawnsiodd o un pen i'r llall yn llon heb gael
pendro, a heb syrthio na simsanu! Roedd o
wedi LLWYDDO!

Dyna deimlad braf oedd cael bod tu allan
eto yng nghanol arogl y blodau a'r pridd
llaith, gan deimlo'r haul yn tywynnu ar ei
flewiach, a chael profi'r wefr o neidio a
dringo a rhedeg ac ymarfer y giamocs
gwirion yma eto.

Am wythnos gron dyma oedd y drefn; y munud fyddai'r drws ffrynt yn cau'n glep ar ôl i Gwion ddiflannu i'r ysgol a'i fam i'r gwaith, byddai Arthur yn rhedeg i'r gegin ac allan drwy'r fflap cathod i'r ardd gefn i ymarfer ei sgiliau neidio a dringo. Roedd Arthur yn dechrau mwynhau'r llonyddwch roedd o'n ei gael gyda'r nos hefyd, heb i fwlis Pant Isaf ddod i'w bryfocio drwy'r ffenest. Ac eto, roedd rhan ohono'n teimlo y byddai wrth ei fodd yn cael dangos ei driciau newydd iddyn nhw.

Y noson honno, cafodd gyfle i wneud hynny, a MWY!

Pennod Chwech

Fel roedd Arthur yn cau ei lygaid i lithro'n braf i freuddwydio am ymddangos mewn rhaglen deledu newydd o'r enw Anturiaethau Gwion ac Arthur yn yr Ardd, clywodd GNOC uchel ar y ffenest. Beth welodd o ond pen-ôl mawr Fflwffyn yn taro'r ffenest unwaith eto, a rhes o chwech o lygaid yn rhythu arno. Fel arfer byddai Arthur wedi teimlo ofn a siom a thristwch, ond roedd heno'n wahanol. Heno, roedd o'n ddewr. Heno oedd y noson y byddai'n dangos i'r bwlis ei fod wedi cael digon! Cododd oddi ar ei glustog yn hyderus, ac fe wnaeth sŵn hisian uchel a dangos ei ddannedd i'r hen fwlis wrth y ffenest. Chwarddodd wrtho'i hun wrth weld Twm yn syrthio am yn ôl oddi ar y silff ar ôl cael braw o weld bod Arthur wedi gwneud y fath beth. Llyncodd Arthur yn galed a sleifiodd yn araf tuag at y fflap cathod yn y drws cefn. Gallai glywed y bwlis yn mewian a thrafod y tu allan, a gyda llond powlen o ddewrder gwthiodd Arthur drwy'r drws bach ac allan i dywyllwch y nos – i ganol y bwlis.

Fe gawson nhw sioc. Safodd y pedwar bwli – Twm, Fflwffyn, Melangell a Syfi – mewn un rhes yn syllu arno. Heb edrych arnyn nhw, neidiodd Arthur fel mabolgampwr gymnasteg Olympaidd ar ben y pot teiars (oedd wedi cymryd lle'r pot blodau a dorrodd o!) a thuag at y ferfa oedd yn pwyso yn erbyn y sied. Rhedodd Arthur ar yr olwyn flaen fel pe bai o ar feic un olwyn yn y syrcas, ac yna ar do'r sied cyn swancio 'nôl a mlaen ar hyd y wal frics fel model mewn sioe ffasiwn.

Gallai glywed cerddoriaeth agoriadol rhaglen Talwlala a Meg yn ei ben – sŵn y trwmpedi yn canu'n uchel a'r arwr yn dangos i'r dorf nad oedd ofn arno . . . nad oedd am gael ei drechu . . . na allai neb ei stopio!

Ond, o diar, roedd Arthur yn rhy hyderus, a doedd o ddim wedi gwneud hyn yn y tywyllwch ers amser . . . ac roedd ei goes ôl yn dal yn wan. Rywsut, roedd y wal yn llawer mwy llithrig â gwlith y nos, a chyn iddo wybod yn iawn beth oedd yn digwydd syrthiodd oddi ar ben y wal ac i mewn i bwll dŵr Pant Isaf drws nesa. Roedd o wedi pryfocio'r pysgod yn y pwll drwy bysgota â'i bawennau ers blynyddoedd, ond doedd o erioed wedi bod YN y dŵr a'u gweld nhw mor agos â hyn. Roedden nhw'n fawr ac yn chwim ac roedden nhw'n nofio o gwmpas Arthur yn wyllt. Ceisiodd sgrialu allan o'r pwll cyn dod wyneb yn wyneb â broga llysnafeddog gwyrdd, hyll, wnaeth y sŵn torri gwynt mwya erchyll yn ei wyneb – Rwwwaaar! Ych-a-fi!

Mae pawb yn gwybod bod cathod yn casáu dŵr. Felly gallwch chi ddychmygu'r stŵr wrth i Arthur chwifio a chicio ei goesau a'i bawennau i geisio dod allan o'r pwll, a'r pysgod mawr yn nofio am eu bywydau. Pan edrychodd i fyny, y cyfan welodd o oedd pedair cath fawr. Roedd golwg ddigon digyffro ar Fflwffyn. Roedd Syfi yn troi mewn cylch yn gyffrous, yn amlwg yn mwynhau'r ddrama. Roedd Arthur yn siŵr fod Melangell yn gwenu arno ac yn estyn ei phawen i'w helpu o allan o'r pwll dŵr. Ac roedd Twm . . . wel, roedd golwg wahanol ar Twm. Roedd ganddo farciau ar hyd ei wyneb fel pe bai o wedi bod yn ymladd, ac roedd o'n edrych yn denau ac yn llai bygythiol a chas, rhywsut. Roedd ei ben yn gwyro i un ochr fel pe bai o'n ceisio deall beth oedd yn digwydd, ac am eiliad meddyliodd Arthur ei fod yn edrych arno gydag edmygedd, ond allai hynny ddim bod yn wir, doedd bosib!

O'r diwedd llwyddodd Arthur i ddringo allan o'r pwll. Roedd o'n wlyb domen a'i flew coch yn gorwedd yn fflat am ei gorff. Roedd deilen fawr werdd am ei ben fel het lydan, ac ar ôl setlo ar ochr y pwll i gael ei wynt ato fe boerodd lond ceg o ddŵr brown, budr am ben Twm. Damwain oedd hi, wrth gwrs, ond gwyddai nad fel hyn fyddai Twm yn gweld pethau. Caeodd Arthur ei lygaid a disgwyl i Twm ruthro tuag ato. Doedd

ganddo ddim nerth ar ôl i redeg a dianc. Ond ddigwyddodd ddim byd. Sylwodd Arthur fod y cathod i gyd yn chwerthin, ond roedd hwn yn wahanol fath o chwerthin, rhywsut. Doedden nhw ddim fe pe baen nhw'n chwerthin am ei ben o, ond yn chwerthin fel tasen nhw'n hapus.

Pan glywodd y sŵn chwerthin, agorodd Arthur ei lygaid yn araf bach. Erbyn hyn roedd Twm yn rholio ar y llawr ar ei gefn yn chwerthin yn aflafar. Roedd Syfi yn neidio fel pe bai hi ar drampolîn, gan wneud rhyw sŵn sgrechian fel cantores opera yn taro nodau uchel. Roedd bol Fflwffyn yn werth ei weld. Wrth iddo udo-giglo roedd ei fol crwn, blewog, gwyn yn symud i fyny ac i lawr. Edrychodd Arthur i gyfeiriad Melangell, ac roedd hi'n gwenu'n dawel arno. Doedd dim byd arall i'w wneud ond ymuno yn yr hwyl, a chyn hir roedd gan Arthur boenau yn ei ochr ar ôl chwerthin cymaint.

Cyn pen dim dechreuodd cathod Pant Isaf ganmol campau Arthur.

'O'n i wrth fy modd pan wnest ti hedfan drwy'r awyr a glanio yn y pwll!' meddai Syfi.

'Roeddach chdi fel aderyn! Siwper-caaaath!' meddai Fflwffyn yn ei lais dwfn doniol.

'Reidio'r ferfa oedd fy hoff gamp i . . . Ti mooooor ddewr . . . miaaaaw,' meddai Melangell yn llawn edmygedd.

Tawelodd pawb a throdd y sylw tuag at Twm. Y bòs. Doedd Arthur ddim yn siŵr beth i'w wneud, felly, wnaeth o ddim byd dim ond disgwyl i Twm ymateb.

'Wyt, mi wyt ti'n ddewr, Arthur. Dw i erioed wedi gweld cath sy'n gallu gwneud campau fel chdi. Lle roedden ni'n arfer byw, ym mhen arall y cwm, fi oedd y gath ddewraf yn y dre, fi oedd y gorau am wneud campau ac roedd holl gathod y dre yn meddwl 'mod i'n CŴL. Roeddwn i'n drist pan gyrhaeddon ni Pant Isaf a doedd neb yn meddwl 'mod i'n cŵl yma. Roedd pawb yn dweud wrtha i y byddwn i WRTH FY MODD yn byw drws nesa i'r gath fwya cŵl yn y byd – ti. Roeddwn i'n genfigennus. Yn genfigennus ohonot ti, Arthur . . . ac . . .'

Roedd Arthur yn methu â chredu ei glustiau. Doedd o ddim wedi disgwyl y fath beth! Twm yn genfigennus ohono fo!

'. . . ac . . . wel . . . mae'n ddrwg gen i . . . Sori,' meddai Twm gan edrych ar y llawr mewn cywilydd.

Doedd Arthur ddim yn gwybod sut i ymateb. Doedd neb wedi dweud wrtho ei fod yn 'cŵl' ac yn 'ddewr' o'r blaen. Y cyfan ddaeth allan o'i geg oedd 'miaw' hapus. Ond roedd hynny'n ddigon.

Ar hynny daeth Melangell tuag ato a rhwbiodd ochr ei phen yn erbyn ochr pen Arthur, cyn neidio'n hwyliog ar ben hen gerflun carreg o ddynes yn tywallt dŵr o botyn oedd yng ngardd Pant Isaf. Cafodd Arthur ryw bwl o egni newydd a neidiodd yntau ar ei hôl hi. O fewn dim roedd y ffrindiau newydd – Twm, Melangell, Syfi, Fflwffyn ac Arthur – yn sboncio ac yn rhedeg ac yn chwarae yn yr ardd efo'i gilydd fel pe baen nhw wedi bod yn ffrindiau ers amser. Mae'n rhaid bod holl gathod y dref wedi synhwyro bod yr hwyl wedi dychwelyd i Pant Isaf, achos cyn pen dim roedd cathod yr ardal – Esther ac Elwyn, Iob a Seren – wedi ymuno yn y sbri.

Pennod Saith

Ar ôl noson hir o hwyl yn yr ardd roedd hi'n dechrau gwawrio. Roedd Arthur wedi blino'n lân ar ôl ei noson gyffrous. Teimlai'n hapus ac yn falch o feddwl bod ganddo ffrindiau – hen ffrindiau a rhai newydd.

Ffarweliodd â nhw i gyd cyn neidio dros y giât yng ngwaelod yr ardd. Cerddodd yn falch i lawr y llwybr gan ryfeddu ar harddwch y bore – yr adar yn canu, arogl y lafant, a sŵn cyfarwydd y fflap bach yn y drws cefn, y drws yn ôl i'r lle cartrefol, diogel, cynnes. Adref. Roedd hi'n braf cael bod yn ôl yn y gegin fach glyd unwaith eto. Clywodd y sŵn canu grwndi'n dod o'i berfedd. Dim ond weithiau roedd o'n teimlo'r angen i wneud y sŵn yma; sŵn oedd yn dod pan oedd Arthur yn teimlo'n fodlon ei fyd oedd hwn.

Cymerodd lymaid o lefrith o'r bowlen cyn troi deirgwaith ar ei glustog mawr meddal, glas, tynnu arno ddwywaith â'i bawennau, setlo, swatio a chysgu'n sownd. Breuddwydiodd am ei ffrindiau newydd. Roedd cwsg y bore hwnnw yn gwsg braf . . . tan iddo gael ei ddeffro gan ddwrdio a cheryddu mam Gwion.

'Arthur, sbia'r llanast sy arnach chdi! Lle wyt ti 'di bod? Yli'r golwg ar y llawr 'ma!'

Deffrodd Arthur yn sydyn, a sylwi ar yr olion pawennau mwdlyd oedd yn un rhes o'r fflap cathod at ei glustog ym mhen arall y gegin. Gwenodd Arthur wrtho'i hun cyn llithro 'nôl i drwmgwsg. Y gwir oedd fod yr olion mwdlyd yn ei atgoffa o'r hwyl a gafodd neithiwr, a'r ffrindiau newydd oedd ganddo.

Pennod Wyth

O hynny ymlaen yr un fyddai'r drefn bob nos. Byddai cathod Pant Isaf yn dod at ffenest cartref Arthur, Gwion a'i fam. Byddai Fflwffyn yn siglo'i gynffon fawr flewog nes ei fod yn gwneud sŵn cnocio ar y ffenest, a dyma'r arwydd ei bod hi'n amser mynd allan i chwarae. Bob nos byddai'r criw yn creu rhyw gwrs antur lle byddai Twm ac Arthur am y gorau i ddangos triciau a stumiau newydd i'w gilydd. Bydden nhw'n chwarae'r drymiau gyda'u pawennau ar y caeadau bin i lawr y lôn gefn nes bod rhywun yn codi ac yn gweiddi o'r ffenest. Roedd cymaint o hwyl i'w chael gyda'i ffrindiau newydd.

Un noson yn yr haf, pan oedd pob un o'r cathod yn gorwedd ar y borfa gynnes yn llyfu eu pawennau ac yn sgwrsio, fe ofynnodd Twm i Arthur, 'Wyt ti erioed wedi bod mewn gwesty cathod?'

Gwesty cathod! Roedd Arthur wedi clywed am westai cathod, wrth gwrs. Roedden nhw'n swnio'n llefydd moethus, braf, lle roedd cathod yn mynd pan oedd eu perchnogion yn mynd ar wyliau. Ond, dach chi'n gweld, doedd Gwion a'i fam BYTH BYTHOEDD yn mynd ar wyliau. Felly chafodd Arthur erioed fynd i westy cathod.

'Nac ydw. Pam?' meddai Arthur wrth Twm.

'Rydan ni'n mynd wythnos nesa. Dyna lle aethon ni'r haf diwetha, am wythnos.'

Meddyliodd Arthur yn ôl i'r adeg pan ddiflannodd y cathod am wythnos. Dyna lle roedden nhw felly – yn y gwesty cathod!

'Ar ôl dod 'nôl o'r gwesty wnes i sylweddoli 'mod i wedi bod yn gas ofnadwy efo ti, Arthur,' meddai Twm. 'Ti'n gweld, pan oeddwn i yno, roedd 'na gath arall oedd yn fwy na fi ac yn fwy dewr na fi, ac mi oedd hi'n licio dangos ei hun. Roedd hi'n gas ofnadwy efo fi. Bwli oedd hi. Hen fwli cas. Ac mi wnes i sylweddoli doedd o ddim yn deimlad neis o gwbl. Dydy bwlio DDIM yn beth da.'

Roedd y cyfan yn glir rŵan. Dyna pam roedd Twm wedi gwneud y fath ymdrech i wneud ffrindiau gydag Arthur ar ôl dod yn ôl o'i wyliau. A dyna pam roedd gan Twm grafiadau ar ei drwyn!

Cododd Arthur a rhwbio'i ben yn erbyn ochr pen a chlust Twm, gan ddweud 'Miaaaaaaw' a chanu grwndi. Roedd Twm yn deall mai dyna ffordd Arthur o ddweud, 'Paid â phoeni, ffrind annwyl. Mi fydda i yma'n disgwyl amdanat ti pan ddoi di 'nôl o'r gwesty, ac mi gawn ni hwyl eto.'

Wedi'r cyfan, doedd dim angen i Arthur ddweud (neu fewian) y geiriau; roedd gwên a chanu grwndi yn ddigon i gysuro hen ffrind.

PILLGWENLLY
14-12-18